Puppy Seeds

Goldfish Muerto Seeds

Super Seed

Banana Split Seeds

Paleta Seeds

Magical Bean Seeds

SODA Seeds

SEED SEEDS

Loco Seeds

traducido por
ADRIA MÁRQUEZ

escrito por
JESÚS TREJO

ilustrado por
ELIZA KINKZ

LAS MAGNÍFICAS PLANTITAS BAILADORAS DE MAMÁ

minerva

¡Hogar, dulce hogar!

Me encanta regresar a mi casita después de un largo día en la escuela.

Yo aquí me quedo. A mi no me gustan las novelas… ¡me gustan las caricaturas!

Buscaré algo que hacer.

¿Qué haré primero? Cuando eres hijo único, y no tienes hermanos ni hermanas con quien jugar, tienes que ser creativo para divertirte.

Claro que durante días hermosos como hoy, sólo quiero salir a jugar con mis amigos.

Pero mientras mamá termina de ver sus novelas,
yo ayudo en la casa.

¡Yo barro!

¡Y sacudo!

Me como el poco cereal que queda.
¡Así podremos abrir una nueva caja!

Entonces, mamá me cuenta su nueva idea.

—Escucha Jesús, lo que realmente necesito es a alguien que cuide a mis queridas plantas, especialmente cuando veo mis novelas. Alguien que sea como un hermano mayor para estas magníficas plantitas, que les dé agua, y que las haga muy felices. ¿Conoces a alguien que esté interesado?

¡YO! ¡YO! ¡Elígeme a mí! Soy la persona perfecta para este trabajo!

Al día siguiente, después de la escuela, me pongo mi gafete y voy al balcón a revisar la **LENGUA DE SUEGRA**. Hoy hace *MUCHO viento,* y hay tierra tirada por todos lados.

Me relajo un rato junto **AL CACTUS GRUÑÓN CON OREJAS DE CONEJO**. Mamá me dijo que no me preocupe por regarlo, porque no toma mucha agua.

Aprendí que no debes acariciarlo. Te va a picar y te va a doler.

Siempre me pasa.

Y luego, tenemos a la **PLANTA ARAÑA**, en la ventana, con todos sus bebés.

Le encanta estar colgada. Tiene un montón de patas, así que ¡aguas!, ¡no se te vaya a trepar! No te creas, si fuera una araña de verdad, sería una dulce señorita.

Esta planta es el orgullo más grande de mamá, la mera mera,
la crema y nata, la más magnífica del mundo mundial...

¡EL POTUS DORADO!

...la ha tenido desde antes de que yo naciera.
Cuando era bebé, era tan alta como yo, pero
ahora es mucho más grande.
Se extiende desde la maceta colgante, rodea toda la sala, y vuelve a la maceta
por el lado opuesto. Como si le diera un abrazo grandotote a todo el cuarto.

¡El **LIRIO DE LA PAZ** es uno de mis favoritos!

Podría observar esa hermosa flor blanca por horas. Parece como si alguien estuviera sentado dentro de un gran guante de béisbol.

Y no nos podemos olvidar del **ÁRBOL DE HULE**, el favorito de papá, con hojas tan grandes que parecen escudos medievales.

Cuando voy a la cocina por algo de comer, siempre paso a saludar a **LA PLANTA QUESO SUIZO**. Sus hojas realmente parecen rebanadas de queso, ¡pero verdes!

Por cierto, no se las coman, ¡definitivamente no saben a queso!

Créanme, lo intenté.

¡Mis días como hermano mayor iban muy bien! Cuando de repente me dí cuenta de algo:

la planta favorita de mamá, **EL POTUS DORADO**, se veía un poco triste.

¡No bajo mi cuidado!

Como hermano mayor y con mi entrenamiento como Director Ejecutivo de Plantas, sé exactamente cómo alegrar a una plantita triste.

Mmm, aún se ve agüitado.
Como que lo trasquilé de más.

¡Lo siento, hermanito!

¿Qué tal unos chistes?

Mi pobre hermano sigue viéndose marchito y triste.
Pero sé lo que siempre funciona. Pondré música.

¡HORA DE BAILAR!

¿Estás bien, hermano?

¡Esto no pinta nada bien!

¿Qué le digo a mamá y papá?

¡Ni siquiera tengo un traje para el funeral!

Debe estar muy enojada conmigo.
Me preparo para lo peor.

¡Quizás nunca más vuelva a jugar afuera con mis amigos!

Pero cuando voltea a verme, veo que mamá . . . no parece enojada.

¡Qué alivio!

Y luego mamá dice algo aún más inesperado:

—Me alegra tener una excusa para trasplantar mi magnífico Potus Dorado. Al igual que las personas, las plantas necesitan más espacio mientras crecen. Lo pondremos en una maceta más grande.

Justo entonces, llega papá.

Le cuento a papá que mi hermano se veía muy triste y traté de animarlo.
¡Y entonces se me ocurrió una gran idea: una fiesta de baile!

Pero no funcionó...
Y luego pensé que la planta
favorita de mamá estaba

¡MUERTA!

–Y ahora la cambiaremos de maceta –dice mamá–. Así podrá seguir abrazando nuestro hogar durante muchos años más.

Papá tenía una maceta más grande en su camioneta de trabajo.

Mamá coloca algunas de las piezas rotas en el fondo de la nueva maceta, y las cubre con un poco de tierra extra.

Yo coloco la planta en la nueva maceta.

¡La plantita de mamá luce más magnífica que nunca!

El quebrar cosas es parte de la vida.
Incluso, a veces, nos ayuda a CRECER.

—Pero tengo que decirte algo, mijo —dice mamá—. Nunca lograrás que estas plantas bailen.

Créeme, lo he intentado.

Y ahora, después de otro día lleno de retos en el trabajo, éste Jefe de Planta se retira.

MAMÁ, ¿ya podemos salir a jugar?

¡Hasta luego, hermanitos!

Dedicado a mi querida madre y ángel guardián, Adelaida Saldaña Trejo.
Gracias por los colibrís, las bendiciones y el pan dulce que nos ha enviado.
—J.T.

Para mi mamá, que dejaba que yo arruinara mi cena con queso.
—E.K.

An imprint of Astra Books for Young Readers, a division of Astra Publishing House
astrapublishinghouse.com
Printed in China

ISBN: 978-1-6626-5176-2 (hc)
ISBN: 978-1-6626-5177-9 (eBook)
Library of Congress Control Number: 2023920951

First edition, 2024

10 9 8 7 6 5 4 3 2 1

Design by Melia Parsloe
The text is set in Beanstalker.
The speech bubbles are hand lettered by Eliza Kinkz.
The illustrations are done with pencil, ink, watercolor, gouache,
crayons, and a few drops of queso.

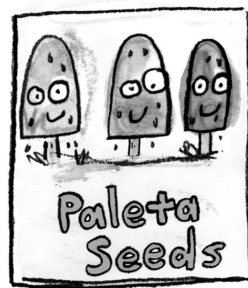